.

Wenn wir bedenken, dass wir alle verrückt sind, ist das Leben erklärt.

Mark Twain

Helga Kolsky

Das Amulett

und andere
seltsame Geschichten

© 2015 Helga Kolsky
Umschlag, Illustration: © Ingrid J. Poljak
nach einem Foto von © Helga Kolsky

Verlag: tredition GmbH, Hamburg

ISBN
Paperback   ISBN 978-3-7323-3994-5
Hardcover   ISBN 978-3-7323-3995-2
e-Book   ISBN 978-3-7323-3996-9

Printed in Germany

Inhaltsverzeichnis

Das Amulett

Warum müssen Diskussionen über die hehre Kunst immer in den stinkigsten Wirtshäusern stattfinden? Lisa entschied sich für einen verlängerten Nachhauseweg, frische Luft würde ihr gut tun. Sie war auch neugierig geworden, hatte doch Professor Albrecht Bemerkungen fallen lassen wie: *phantastische Funde, Wunderdinge, internationale Aufmerksamkeit!* Wunschträume eines frustrierten Stadtarchäologen? Oder doch mehr? Die Baugrube, in der diese Funde angeblich aufgetaucht waren, lag ganz in der Nähe. *Die Abrissfirma sitzt uns im Nacken*, hatte Albrecht gesagt. Vielleicht wurde die Nacht durchgearbeitet und es gab ausreichend Beleuchtung.

Ausreichende Beleuchtung gab es keine, nicht einmal irgendeine Beleuchtung. Vor Lisas Füßen gähnte ein riesiges, finsteres Loch. Die Straßenlampe in der Nähe der

Baucontainer war ausgefallen, die gelben Warnlichter blinkten nur matt, und in den Häusern rundum gab es kaum erleuchtete Fenster. Ein tristes, abgewohntes Viertel, in dem sicher noch weitere Abrisse geplant waren.

Lisa drückte sich an den Bauzaun und versuchte hinunterzuschauen. Ein feuchtkalter Hauch wehte ihr entgegen. An der gegenüberliegenden Seite, unter der Feuermauer des Nebenhauses, waren die zerstörten Kellergewölbe gerade noch zu erkennen. In der Düsternis sahen die Löcher im Mauerwerk aus wie Blasen in einem angeschnittenen Brot. Die archäologische Fundstelle musste unterhalb von Lisas Standpunkt liegen, dort, wo die Schaufel des auf der Rampe geparkten Baggers hinwies. Der Bagger, der vor wenigen Tagen im lehmigen Erdreich auf eine Steinpackung gestoßen war.

Lisa ging am Zaun entlang auf die Container zu, Sand knirschte unter ihren Schuhen. Vielleicht sollte sie nach Hause gehen. Die Fundstelle war sicher mit Planen abgedeckt, es gab also nichts zu sehen, erst wieder morgen, wenn die Arbeit weiterging.

An einem der Container schien die Tür offen zu stehen. Hoffentlich nicht die Hütte, die das Institut extra angemietet hatte! Lisa ging näher und spähte in den dunklen Spalt zwischen Türblatt und Rahmen. Muffiger Geruch schlug ihr entgegen, und sie meinte, zwei Lichtpunkte wahrzunehmen. Atmete da jemand? Vielleicht ein schlafender Obdachloser, der Gestank war danach. Lisa zog sich zurück. Keine gute Idee, hier herumzuschnüffeln.

Ein Schlag traf sie in den Rücken. Sie stolperte gegen den Container, knickte ein und landete auf allen Vieren. Das Blech dröhnte. Lisa ließ sich auf die Seite fallen und versuchte wegzurollen, weg von dem großen Kerl, der jetzt über ihr aufragte und einen Prügel schwang. Ein zweiter Schlag streifte den unteren Rand der Tür, knapp an Lisa vorbei. Sie hörte tiefes Grollen, dann einen schnappenden Laut. Etwas Großes, Schwarzes schoss aus dem Container und stürzte sich auf den Kerl mit dem Prügel, kegelte ihn einfach von den Füßen. Der Kerl versuchte hochzukommen, fiel wieder hin, sein Prügel schlitterte davon. Trotz tränender Augen sah Lisa, wie sich ein Mann und ein riesiger Hund kämpfend auf dem Boden wälzten, ineinander verkrallt und verbissen, keuchend und knurrend. Die Masse aus Hund und Mensch rollte auf den Bauzaun zu, der Drahtverhau schepperte, ein Schrei, und im nächsten Moment hatte die lichtlose Grube den Mann verschlungen. Lisa hörte einen dumpfen Aufprall und dann nur mehr das Hecheln des Hundes, dessen zottige Gestalt sich gegen den Schein einer Straßenlaterne abzeichnete. In die Hütte, schnell ...

Aber der Hund war schon verschwunden.

„Sicher war das keine gute Idee", seufzte Lisa. Der feste Verband um die Rippen nahm ihr den Atem.

„Ich werde Ihnen gleich erzählen, *wie* schlecht diese Idee war." Der Polizeibeamte blätterte in seinen Notizen. „Der Typ, der Sie angegriffen hat, ist tot. Genickbruch. Knapp vorher hatte dieser Typ allerdings einen Obdachlosen erschlagen. Die Leiche lag im Container. Irgendwelche Beobachtungen von Ihrer Seite?"

Lisa schüttelte den Kopf. „Ich habe nur Gestank wahrgenommen. Dann kam dieser Schlag ..."

„Und ein zweiter Mann, ein Komplize des Schlägers?"

„Nein. Ich habe sonst niemanden gesehen. War denn noch einer da?"

„Das wüssten wir gerne. Manche Spuren deuten darauf hin."

„Und der Hund?", frage Lisa.

„Keine Spur von einem Hund."

„Keine Spur?"

Der Inspektor lächelte matt. „Falsch ausgedrückt. Jede Menge Spuren, vor allem Biss- und Schleifspuren, Pfotenabdrücke, Haarbüschel, alles. Nur eben kein Hund."

„Also doch ein realer Hund? Irgendwie beruhigend."

Der Inspektor zog die Brauen hoch. „Beruhigend?"

„Mir kam dieser Hund vor wie eine Ausgeburt der Unterwelt."

„Archäologin, was?" sagte der Inspektor. „Ihr Leute habt zu viel mit modrigen Knochen zu tun. Da wird jeder Sandlerköter gleich zum Höllenhund."

Blödmann. Laut sagte Lisa: „Ich bin Kunststudentin! Der Teilzeitjob bei den Stadtarchäologen zahlt nur meine Miete." Sie tastete über das Pflaster auf ihrer Stirn. „Ich hab mir den Kopf angeschlagen."

„Schon gut, schon gut", sagte der Inspektor.

„Was mich wundert", sagte Lisa, „Wieso ist der Kerl durch den Zaun in die Grube gefallen?"

„Das Gittertor war nur angelehnt. Schlosskette durchgezwickt, wahrscheinlich von den Tätern selbst. Das Tor ist aufgeschwungen, wie Mann und Hund dagegen gedonnert sind. Und das kluge Hundchen hat, so scheint es, im richtigen Augenblick losgelassen."

„Und was hat der Knüppelmann bei der Baugrube überhaupt gesucht? Doch nicht unsere antiken Scherben?"

„Kaum. Wenn wir den zweiten Mann finden sollten, kann der uns vielleicht etwas erzählen. Möglich, dass sie von der Baugrube aus ins Nebenhaus einbrechen wollten. Oder sie hatten vor, den Bagger zu stehlen, ist auch schon vorgekommen. – Sie haben sicher keinen zweiten Mann gesehen?"

„Nein, tut mir leid", sagte Lisa. „Aber vielleicht haben Sie mein Handy gefunden? Ich bin ganz sicher, dass es vorher noch da war."

Noch in der Ambulanz hatte Lisa ihre Handtasche ausgeschüttelt. Kein Telefon, aber eine Handvoll Baustellensand und ein fingernagelgroßes, goldenes Plättchen, in das eine Spirale eingehämmert war.

Souvenir. Ging das die Polizei etwas an?

„Lisa! So schön, dass du wieder da bist!"
Markus schmiss seinen Stift hin und eilte ihr
entgegen. „Wie geht's dir denn, alles wieder
okay?"

„Alles. Bis auf eine angeknackste Rippe
und zwei Quadratmeter aufgeschürfte Haut.
Und mach keine Witze, ich kann nicht lachen. Wehe, du klopfst mir auf die Schulter!"

„Wir haben sie wieder, unsere gute, alte,
hantige Lisa!"

„Nur Lisa würde reichen", sagt sie. „Auf
meinem Schreibtisch wartet sicher ein Rie-
senstapel Papier."

Professor Albrecht streckte seinen Kopf
durch die Tür. „Lisa, es tut mir leid, dass Sie
so ein böses Erlebnis hatten! Alles aus Interesse an unserer Arbeit! Kommen Sie, ich
zeige Ihnen unsere glänzenden Funde. Vielleicht lässt Sie das den Schrecken vergessen."

Aufgeregt wie ein Kind zu Weihnachten
eilte der Professor den Korridor entlang.

„Seit er ernstlich was entdeckt hat, ist der Alte völlig von der Rolle", murmelte Markus in Lisas Ohr.

Lisa staunte. „Ein Goldschatz! Aus dieser matschigen Baugrube mitten in der Stadt?"

„Es ist nicht zu fassen, ja", sagte der Professor. Hingerissen betrachtete er die schimmernden Kostbarkeiten. „Und es liegt vielleicht noch mehr da unten."

Keltisch, stellte Lisa fest. Ein gedrehter Halsreif, Armspangen, mehrere Ringe, Fibeln, Gürtelbeschläge. Ein Arrangement gehämmerter Goldplättchen. „Die stammen wahrscheinlich von einem Gewand", sagte der Professor.

Goldene Plättchen!

Lisa hatte nur wenig Detailwissen von den Kelten und ihrer Geschichte, aber sie begriff, dass hier ganz außerordentliche Kunstwerke vor ihr lagen, kein Vergleich mit den bescheidenen Zeugnissen der Laténekultur, die hier in der Gegend manchmal zum

Vorschein kamen. Der Professor atmete tief durch. „Nach zwanzig Jahren zwischen römischen Nachttopfscherben und Pestleichen aus dem Mittelalter. Es ist wirklich nicht zu fassen", wiederholte er sich.

„Wir müssen den gesamten Abraum noch einmal sieben", setzte er fort. „Eine Fibel war mit Lapislazuli eingelegt!"

„Eine Fürstenbestattung oder ein Hort?", fragte Lisa.

„Strittig. Ersteres würde ich sagen, allerdings haben wir keine Skelettteile gefunden. Der liebe Kollege Ettmayer hat sofort seinen Senf dazugegeben und ist überzeugt, dass diese Artefakte nicht aus dem Alpenraum stammen. Er könnte ausnahmsweise Recht haben."

Ettmayer? Lisa wunderte sich. Macht dieser Design-Schnösel jetzt auf Keltenkunde? Die Spezialisten der hiesigen Fakultät waren wohl schon alle zu ihren sommerlichen Grabungsstätten abgereist, oder sie nahmen Professor Albrecht nicht ernst genug, um ihre eigenen aktuellen Projekte im Stich zu lassen. Da musste eben der nächstbeste Museumsheini herhalten und sich Albrechts Begeisterung anhören, außer Konkurrenz, sozusagen.

„... Selbstverständlich stößt unser Fund auf internationales Interesse! Ein wichtiger Experte ist schon im Lande, ein britischer Kollege mit dem schönen Namen Sionn Cyn-Culley, Top-Mann für alles Keltische. Auch wieder so ein Besserwisser, aber kein Glück ist vollkommen."

Markus lachte. „Hoffentlich spricht der nicht nur Kymrisch. Da bin ich schlecht bewandert."

„Bitte einstweilen keine Pressekontakte", sagte der Professor. „Muss ich ja nicht extra sagen." Er segelte davon und überließ es Markus, Lade und Lagerraum wieder zu verschließen.

„Komische Bestattung", sagte Lisa, „der Schmuck ist da und die Knochen sind weg. Normalerweise ist das umgekehrt."

„Vielleicht hat dein hungriger Sandlerhund die Knochen verschleppt?" Markus lachte laut über seinen eigenen Witz.

Am Sonntag wollte Lisa trotz des schwülen Wetters und trotz ihrer Verletzungen die übliche Joggingrunde versuchen. Aber ihr angeschlagenes Knie begann bald zu schmerzen, und auch der Atem wurde knapp. Keuchend ließ sie sich auf einer Bank an der Uferpromenade nieder.

„Das kann ich brauchen, jetzt vor den Ferien", murmelte sie vor sich hin.

Ältere Herrschaften mit Schoßhündchen an der Leine spazierten vorbei, ein fröhliches Kind und ein Beagle mit flappenden Ohren balgten sich um Stöckchen.

Lisa dachte an den schrecklichen schwarzen Hund. Wohl nichts anderes als ein verlauster Köter, der sein ebenso verlottertes Herrchen verloren hatte. Vielleicht hatte sich der Hund im Kampf mit dem Mörder verletzt und war irgendwo hinter einer Mülltonne verendet. Dabei hätte Lisa ihrem Retter gerne eine Dose feinstes Hundefutter zukommen lassen.

Donnergrollen riss sie aus ihrem Dösen. Graugelbe Wolken hatten sich über dem Fluss zusammengeballt, die Atmosphäre fühlte sich stickig an, so wie vor Tagen bei den Baucontainern. Jogger und Spaziergänger waren längst geflüchtet.

Der Platzregen kam schneller, als Lisa laufen konnte. Sie suchte Schutz unter dem Vordach eines geschlossenen Imbissstandes, zog eine leere Bierkiste als Fußstütze heran und hockte sich auf die Serviertheke. Es blieb ihr nichts übrig, als das Unwetter hier auszusitzen oder elend nass zu werden. Kein Handy außerdem, also auch keine Möglichkeit, einen rettenden Schirmträger anzurufen.

Die mit Pappbechern und Wurstpapier gespickte Hecke bewegte sich gegen den Wind, und zwischen zwei Blitzen brach ein schwarzer Hund durch das Gebüsch, trottete auf Lisas Unterstand zu, blieb genau vor ihr stehen und begann sich heftig abzuschütteln.

„Hör auf!" schrie Lisa, „ich bin schon nass genug!" Der Hund setzte sich, hob den Kopf und schaute sie an. Sein Schwanz rührte im Morast.

„Mein Gott, bist du mager", sagte Lisa, „aber besonders verwahrlost schaust du nicht aus. Und auch nicht ganz so riesig, wie ich meinen schwarzen Hund in Erinnerung habe."

Unsinn. Das kann nicht *der* schwarze Hund sein. Dieses dürre Zottelvieh benimmt sich außerdem friedlich, ist nur grässlich nass und dreckig. Kein Halsband, allerdings.

Der Hund blieb ruhig sitzen und streckte weiterhin seine Schnauze in Richtung Lisa. Blaue Augen und eine rosa Zungenspitze waren das einzig Helle an ihm. Das Blitzen und Krachen rundum schien ihn nicht zu beeindrucken.

„Hör zu", sagte Lisa, "ich nehme an, du pflegst hier zu speisen. Aber dieser Würstelstand ist zu. An der Brücke gibt es noch einen, der hat sicher offen. Sobald dieses Wetter nachlässt, laufen wir hin, und ich kaufe dir die schönste Wurst, die es gibt. Und du bist so freundlich und beißt mich nicht in die Zehen, mir geht es schon schlecht genug."

Zwei Stunden später stand Lisa vor ihrer Wohnungstür. Auf der Schwelle lag ein lehmverschmierter Gegenstand. Ihr Handy.

Die Straßen glänzten nach dem nächtlichen Regen, die Baugrube hatte sich in ein Schlammloch verwandelt. Vorsichtig tastete sich Lisa die glitschige Rampe hinunter. Einer der Studenten bemerkte sie, stapfte ihr entgegen und nahm ihr die Mappe mit den Fotos ab. „Ich hab die besseren Stiefel an", sagte er freundlich. Am Grund der Grube angekommen schaute Lisa zurück. „Wer ist denn der Lebensmüde da oben auf dem Baggerarm?"

„Unser Herr Kelten-Experte aus dem fernen Cornwall", sagte der Student und grinste. „Er will unbedingt seine eigenen Fotos schießen. – Das ist vielleicht ein Kauz!"

Lisa ließ ihren Blick über die schlammverschmierten Ausgräber schweifen, von denen sich die meisten abseits im Zelt um die Thermosflaschen versammelt hatten.

„Und wo ist der Professor?"

„Hat sich verdrückt. Dem war's zu nass, er hatte seinen Sonntagsanzug an, und hier ist im Moment nur Dreck angesagt." Der Student blätterte durch die Fotos, die Lisa gebracht hatte. „Außerdem dürfte der Exeter-Mann nicht nach Professors Geschmack sein."

„Kann man so sagen." Die Stimme hinter Lisa klang tief, aber rau.

Lisa drehte sich um und wäre beinahe gestolpert. Der Experte aus dem fernen Cornwall streckte seine schlammverkrustete Hand aus. „Sionn. Sionn Cyn-Culley."

„Na so was! Leute! *Schuuun* kann Deutsch!" brüllte der Student nach hinten ins Zelt. „Und unser Professor hat sein allerbestes Englisch hervorgekramt!"

Lisa hielt noch immer die kräftige, erdige Hand.

„Lisa", sagte sie endlich und kam sich vor wie ein Schaf.

Ein Wust schwarzer Haare, schulterlang und ungekämmt, ein hageres, bleiches Gesicht, eisblaue Augen, ein Lächeln irgendwo zwischen warmherzig und gefährlich.

„Du bist das rothaarige Mädchen mit dem Hund", sagte er mit leicht rollendem Akzent. „Du musst mir erzählen."

Gemeinsam stapften sie zurück auf Straßenniveau, und Lisa nützte gerne das Angebot, sich an Professor Cyn-Culleys starker Schulter festzuhalten. „Meine Knie sind ganz zerschunden", sagte sie entschuldigend.

„Wo ist es geschehen?" fragte Sionn.

„Genau hier. Hier ist der Mann abgestürzt." Lisa zeigte auf das Gittertor und in die Grube. „Und unser Miet-Container steht dort drüben, aber das weißt du sicher schon."

„Woher kam der Hund?"

„Aus dem Container." Lisa schüttelte sich, meinte wieder, diesen Hauch zu spüren, stickig und zugleich eiskalt. Sionn ging ein paar Schritte hin und her, den Blick auf den Boden gerichtet.

„Du wirst nichts mehr sehen", sage Lisa, „da war überall die Polizei. Sie vermuten, es gab noch einen zweiten Mann."

Sionn nickte. „Werden Funde im Container aufbewahrt?"

„Kann ich mir nicht vorstellen. Nur Arbeitskleidung, Werkzeug, Verpackungen. – Hoffentlich ein paar Putzfetzen, um diesen Dreck da loszuwerden."

Sionn schleppte den Wasserschlauch an, und mit viel Gepritschel und viel Gelächter bemühten sich beide, ihre Sneaker zu säubern. Lisa vermied es, die Bauhütte zu betreten.

„Was weißt du über keltische Traditionen?" fragte Sionn plötzlich.

„Nicht viel. Mein Studienschwerpunkt ist die Frührenaissance. Bei den Stadt-Archäologen schreibe ich Behördenbriefe und Inventarlisten von Abfallgruben. All die fade Arbeit."

„In unserem Volksglauben heißt es, ein schwarzer Hund bewacht die Schätze. Andere sagen, wer dem schwarzen Hund begegnet, begegnet dem Tod." Die Heiterkeit von vorhin war noch in Sionns Augen, um seinen Mund zuckte dieses seltsame Lächeln. „Aber dieser Hund hier hat dich beschützt."

„Ja. Und gestern wollte ein anderer schwarzer Hund nur eine Bratwurst von mir."

„Ich muss zurück ins Institut", sagte Sionn, „mich weiter unbeliebt machen."

Eigentlich sollte Lisa lernen, sich auf ihr Sommerprogramm vorbereiten, aber sie konnte sich nicht so recht entschließen. In ihrem Kopf tanzten ganz andere Bilder als die von Botticelli oder Raffaello. Der ungewöhnliche Schatzfund in der Baugrube hatte Professor Albrechts Institut in Aufruhr versetzt, Personal war knapp, und so fand sich Lisa noch spät am Nachmittag an einem langen Tisch ein, wo mehrere Mitarbeiter versuchten, winzige Metallteilchen zu reinigen und zu sortieren. Eine Frau Doktor vom Chemielabor hatte Hilfe angeboten, und auch der nette Student von heute Mittag saß da und pinselte an grünspanigen Bruchstücken herum. Lisa schrieb Listen und Nummern. An der Wand hingen Fotos der Fundstelle.

„Ein Wahnsinn", sagte Markus. „Von diesem albernen Kupferzeug ist fast nichts mehr da. Egal, was das einmal war, ich kann bestenfalls ein Mobile daraus basteln."

„Hat man nicht auch Gold beineben …", brummelte ein Kollege.

Die Chemikerin spähte über ihren Brillenrand. „Die saure Bodenbeschaffenheit hier wirkt sich sehr ungünstig aus, wie Sie eigentlich wissen sollten."

Der nette Student grinste zu Lisa herüber. „Unser Professor ist auch sauer. Cyn-Culley hat ihm vorgeworfen, nicht dokumentierte

Schichten gestört zu haben, nur um die Klunker zu bergen. Und der Schatz soll nicht vollständig sein."

Wieder ein missbilligender Blick von der Chemie-Seite.

Lisa dachte an das kleine goldene Plättchen, das zu Hause zwischen ihren Kaffeebohnen ruhte.

„Habt ihr noch immer kein Skelett gefunden? Oder löst sich sowas auch in nichts auf?" fragte sie.

„Die ersten Ergebnisse sprechen für eine Bestattung", sagte die Chemikerin, „aber wir sind noch nicht ganz durch mit den Bodenanalysen."

„Vielleicht sollten wir das ganze räudige Stadtviertel abreißen lassen", sagte Markus. „Wer weiß, wohin der tote Fürst ausgewandert ist, weil's ihm zu unruhig wurde da unten."

„Ohne sein Gold ausgewandert? Glaub ich nie!", tönte es vom anderen Ende des

Tisches. Gelächter. Bemerkungen flogen hin und her.

„Vielleicht macht er Urlaub, unser Held, und wollte das schwere Zeug nicht mit sich rumschleppen."

„Nein, der rennt jetzt überall durch die Gegend und sucht seinen Schatz, den wir so schnöde ausgebuddelt haben. Gebt acht, dass ihr ihm nicht begegnet!"

„Keine Angst. In den letzten Jahrtausenden wird das Tor zur seiner Anderswelt schon zugewachsen sein."

„Außerdem kennt sich so ein alter Kelte in der heutigen Zeit gar nicht mehr aus."

„Echt jetzt?" Lisa lachte.

„Immer, wenn eine Mordtat geschieht, öffnen sich die Tore der Unterwelt", dozierte Markus. „Wusste schon meine Oma."

„Und ich dachte, Geisterbesuch findet nur zu Halloween statt!"

„Herrschaften", sagte die Chemikerin, „wir sind hier um zu arbeiten, hört auf, Unsinn zu schwätzen."

„Samhain, die Nacht der großen Drängerei", fuhr Markus unbeirrt fort. Er musste wohl sein Spezialwissen loswerden. „Übrigens, die vier Drachen auf den Gürtelbeschlägen symbolisieren die Elemente", dozierte er. „Und die Köpfchen auf dem Halsring sind keine Löwen, sondern Hunde. Womöglich war unser unsichtbarer Fürst auch ein Druide. Da würden allerdings seine magischen Gegenstände fehlen. Große Magier, die Druiden!"

„Habt ihr gewusst", sagte Lisa, „dass auf den Britischen Inseln schwarze Geisterhunde die Schätze bewachen?"

„Sicher", sagte Markus. „Und das allerschrecklichste Hundsvieh bewacht den Eingang zur griechischen Unterwelt. – Aber Höllenhunde hin oder her, unser Held hier muss fern der Heimat umgekommen sein. Darum ist sein Schatz bis jetzt übersehen worden."

Lisa eilte durch die verwinkelten Gänge des alten Institutes in den Neubau hinüber und fuhr mit dem Lift in die Garage. Vom Ausfahrtstor der Garage weg waren es nur zwei Minuten zur Busstation. Während sich die Tür zu den Liften hinter ihr schloss und die Leuchtstoffröhren in der Garage noch nicht voll angesprungen waren, glaubte Lisa unter einem Kastenwagen zwei glimmende Punkte zu sehen. Mit nervösen Fingern tastete sie hinter sich, um die Tür wieder zu öffnen, aber dann erhellte sich summend die Beleuchtung, und die Lichtpunkte waren verschwunden. Lisa rannte in Richtung Auffahrt und riss an der Schnur, mit der man den Tormechanismus auslösen konnte. Quälend langsam ächzte das Rolltor in die Höhe.

Ein Motor heulte auf, Reifen quietschten, ein Auto raste mit Vollgas auf die Rampe zu. Im letzten Augenblick packte jemand Lisa von hinten, riss sie von den Füßen, und ein kräftiger Körper presste sie gegen die Wand. Das Auto brauste die Rampe hinauf und schrammte mit Getöse unter dem halb offenen Rolltor durch.

„Sionn?"

„Bring dich in Sicherheit!" Er rannte nach draußen und verschwand in der Nacht.

Lisa saß schon mehr als zwei Stunden über ihren Büchern, ohne auch nur eine Zeile bewusst gelesen zu haben. Sie erschrak nicht einmal, als die Türglocke bimmelte. Irgendwie hatte sie ihn erwartet.

„Darf ich hineinkommen?"

Seine Haare troffen.

„Regnet's denn?"

„Ja, auch", sagte er.

Lisa holte ihm ein großes Handtuch, und er verzog sich ins Badezimmer.

„Wer war das in dem Auto?" fragte Lisa über einen Becher heißen Tee hinweg.

„Der zweite Räuber. Er hatte Angst, dass du ihn gesehen hast."

„Und wo ist er jetzt?"

Sionn Cyn-Culley schüttelte den Kopf. Lisa schaute in sein Gesicht und wagte nicht weiter zu fragen.

„Ich möchte diese Nacht bei dir bleiben", sagte er nach einer Weile.

„Bist du immer so direkt?"

„Ich habe nicht viel Zeit."

„Meine Rippe ist angeknackst, meine Haut voller Schrammen. Das wurde nicht besser beim Körpercheck an der Garagenwand."

„Ich habe auch ein paar Kratzer", sagte er. Und dann kam wieder dieses Lächeln.

Kaum vier Uhr morgens und schon sang draußen eine Amsel. Lisa sah Sionns helle Augen schimmern. „Warum schläfst du nicht", fragte sie.

„Ich kann zu einer anderen Zeit schlafen." Er lachte leise. „In meiner Sprache heißt die Amsel *Schwarzer Druide*. Vielleicht schickt mir dieser Druide einen Zauber."

„Was für einen?"

„Schwer zu sagen. Einen druidischen Wahn, um die Zeit einzufangen." Er blieb eine Weile still, und dann sagte er: „Das Amulett fehlt. Und die Waffe. Kein Fürst wurde je ohne Waffe begaben, und kein Magier ohne sein Amulett.“

„Ein Amulett, damit er sicher in der Anderswelt ankommt?“

„Ja. Aber vor allem, damit er nicht wiederkommt.“

„Kommt er als Geist zurück und sucht sein Amulett?“

„Kein Geist. Lebendig sein hat Vorteile.“

Sionn streckte den Arm nach Lisa aus.

„Mietauto in den Kanal gestürzt, noch nicht identifizierter Lenker ertrunken. Unfallursache unbekannt.“

Lisa starrte auf den Zeitungsausschnitt, den ihr jemand in einem Umschlag auf den Schreibtisch gelegt hatte. Sionn? Er hatte diesen Morgen Lisas Wohnung sehr früh verlassen, hatte abgeraten, die Polizei wegen der Garagen-Geschichte zu verständigen, und Lisa hatte ihm gerne Recht gegeben. Nicht wieder diese endlose, frustrierende Fragerei, Nicht wieder die bohrenden Blicke eines Polizeibeamten.

Warum aber dieser Zeitungsausschnitt auf ihrem Tisch? Musste denn ein Zusammenhang bestehen mit ihrem Beinahe-Unfall?

„Keine Ahnung, wo dein kymrischer Komiker steckt", sagte Markus. Seine Worte klangen ein bisschen spitz. „Frag beim Professor. – Ich muss los, zum Magistrat. Der Grundbesitzer will klagen, wenn die Abbruchfirma nicht bald weitermachen kann."

Lisa stopfte den Zettel in ihre Hosentasche.

Am Eingang zum Sekretariat hing ein Schild: *Vorübergehend unbesetzt.* Tür fest verschlossen. War die Frau Obertippse schon im Urlaub? Seltsamerweise stand die Tür zum Chefbüro halb offen. Lisa klopfte. „Herr Professor?" Keine Antwort.

Ohne viel nachzudenken ging Lisa hinein.

Im Büro des Professors herrschte unge-
wohntes Chaos. Offene Laden, über den
Schreibtisch verstreute Papiere, mehrere
benützte Kaffeetassen auf dem Fensterbrett.
Nur die Fische im Aquarium zogen geruhsam
ihre Bahnen, wenn auch unter einer schief
aufgesetzten Abdeckung.

Auf dem Besprechungstisch lagen Fotos,
große Fotos von goldenen Gegenständen.
Lisa erkannte die Gürtelbeschläge mit den
Drachen und den gedrehten Halsring. Wirk-
lich schlanke Hundeköpfchen, stellte sie an-
hand der Vergrößerung fest. Keine Löwen.
Eine Wiedergutmachung für die Barock-
Löwen, die immer wie Möpse aussahen?
Lisa kicherte.

Unter den Fotos lag ein Buch. Noch mehr
Fotos. Sonnenräder, Knotenwerk, eine juwe-
lenbesetzte Axt. Hinten im Buch steckte ein
Lesezeichen. Neugierig schlug Lisa die Seite
auf: mehrere Bilder eines kreisrunden, goldenen Gegenstandes: drei ineinander ver-
schlungene Hunde. *Amulett*, stand im Fuß-
text. *Wächter der Anderswelt.*

Des Professors Stimme hallte draußen im Korridor. Erschrocken klappte Lisa das Buch zu. Zu spät, um noch aus dem Zimmer zu flüchten. Jetzt war eine gute Ausrede gefragt! Schnell stellte sich Lisa hinter das Aquarium, so, als hätte sie gerade die Fische studiert.

„Nein!" bellte Professor Albrecht in sein Handy, „schick mir nicht wieder so einen Trottel, und nicht in mein Büro! Was? Von mir aus. Um acht im Parkcafé. Du zahlst." Die Zimmertür krachte gegen die Wand und Albrecht stürmte herein.

Im selben Augenblick schrillte das Telefon auf dem Schreibtisch. Der Professor eilte hin, hob ab und presste den Hörer ans andere Ohr. „Albrecht! – Was? Ja, bin sofort da." Er knallte den Hörer hin, schmiss sein Handy daneben und rannte hinaus, ohne Lisa zu bemerken. Lisa tat einen Schritt auf den Schreibtisch zu, da hörte sie den Professor zurückkommen – aber nur bis vor die Tür. Er drehte draußen den Schlüssel um und zog ihn ab.

Lisa probierte vorsichtig, aber die Tür gab nicht nach. Sie erschrak, als das Handy des Professors zu läuten begann. Sie lief um den Schreitisch herum und schaute auf das Display, aber es erschien kein Name. Das Läuten verstummte bald und Lisa schnappte sich das Handy. Vielleicht war Sionns Nummer gespeichert, sie selbst hatte vergessen, nach seiner Handynummer zu fragen. Hoffentlich war er im Haus.

Lisa hatte Glück. *CyCu*, das musste Sionn sein.

„Sionn! Ich bin in Professor Albrechts Büro eingesperrt!"

„Gleich", sagte er, ohne weitere Fragen zu stellen.

Lisa starrte ins Aquarium. „Warum hab ich Sionn angerufen?", fragte sie die Fische. Sie kannte genug Leute hier im Haus, die ihr ohne weiteres aus dieser Peinlichkeit helfen würden. Die Fische gaben ihr keine Antwort. Mechanisch griff Lisa nach einem Döschen, hob die Abdeckung an und streute Futter in

Wasser. Ein breitmäuliger Mini-Wels schoss aus einem Versteck und begann im Kies zwischen den Pflanzen zu wühlen, eifrig auf der Suche nach seinen Lieblingsbissen. Aufgewirbeltes Material trübte das Wasser, und während das Zeug wieder abwärts sank, sah Lisa etwas Goldenes auf dem Aquariumboden schimmern. Kein Fischlein. Gold? Gold auf Kies, mattgrün beleuchtet, umwogt von Anemonen? Lisa platschte ihren Arm ins Wasser, griff zu, und ihre Finger umschlossen einen runden Gegenstand.

Fischwasser tropfte von Lisas Ellbogen auf den Teppich. In ihrer Hand lag ein goldenes Schmuckstück, ein Amulett. Drei Hunde, zu einem Knoten verschlungenen.

Wächter der Anderswelt?

Der professorale Arbeitsmantel musste zum Abtrocknen herhalten, ein sauberes Papiertaschentuch fand sich auch, und Lisa versenkte das Amulett in ihrer Hosentasche. Der Zeitungsausschnitt raschelte, als sie die Taschentuchzipfel sorgfältig nachstopfte.

Das Handy des Professors klingelte nochmals, wieder nur kurz. Lisa griff danach, löschte ihren eigenen Ruf aus dem Protokoll und notierte die Nummer, mit der Albrecht zuletzt gesprochen hatte. Darunter schrieb sie: „8 Uhr, Parkcafé". Den Zettel schob sie zu ihren Schätzen in der Hosentasche. Nach kurzem Überlegen holte sie noch einmal den Arbeitsmantel und wischte damit das Handy ab.

Ein leises Klicken am Türschloss und Sionn stand im Zimmer.

„Ich muss mit dir reden", sagte Lisa. „Gleich. In meinem Büro. Da ist jetzt niemand."

Umständlich kramte Lisa in ihrer Hosentasche und holte das Amulett hervor. Die beiden Papierstücke und das Taschentuch segelten zu Boden. Einen Moment lang betrachtete sie das seltsame Ding in ihrer Handfläche, dann hielt sie es Sionn entgegen.

Er zuckte, als wollte er einen Schritt zurücktreten.

„Ist das so", sagte er leise. "Der Herr Professor sammelt privat."

Lisa versuchte vergeblich, in Sionns starrem Gesicht zu lesen. Langsam schloss sie ihre Finger über dem Amulett und zog ihre Hand zurück.

Sionn bewegte sich wieder. „Du hast zwei Möglichkeiten", sagte er. „Du gehst zur Polizei und erklärst, was du in Albrechts Aquarium zu suchen hattest. Oder du wirfst das Ding in einen tiefen Brunnen und vergisst es." Er atmete tief. „Komm mir nicht mehr unter die Augen, so lange du es bei dir trägst."

Sionn bückte sich, hob den Zettel mit der Telefonnummer auf und rannte aus dem Zimmer.

Lisa verbrachte den Nachmittag zu Hause und versuchte zu lernen. Die meiste Zeit aber ging sie unruhig hin und her oder starrte vom Schlafzimmerfenster hinaus in den Hof. Jeder Gedanke an Sionn verursachte ihr einen Schmerz, über den sie nicht nachdenken wollte.

Um acht im Parkcafé. Albrecht hatte nicht gesagt, an welchem Tag.

Eine halbe Stunde später saß Lisa in der Straßenbahn Richtung Stadtpark, ihre auffälligen Haare unter einer Schirmmütze verborgen.

Sie drückte sich beim Mozart-Denkmal herum, mischte sich unter die Touristen. Angestrengt spähte sie zur Parkcafé-Terrasse hinüber, konnte aber den Professor nirgends entdecken. Sie wagte nicht, näher zu gehen und in den Innenraum zu schauen. Der aufdringliche Schwall Geigenmusik ging ihr auf die Nerven.

Ein Gewitter zog auf, das dritte in fünf Tagen, und es wurde rasch finster. Lisa ertappte sich dabei, dass sie nach verdächtigen Lichtpunkten im Gebüsch Ausschau hielt. Sie flüchtete aus dem Park auf die

Straße hinaus. Als sie die Kreuzung über-
querte, fielen die ersten Tropfen. Mit Glück
ergatterte sie noch einen Platz im nahen Kaf-
feehaus, sogar einen Fensterplatz mit Blick
auf den Eingang des gegenüberliegenden
Museums.

Lisa schaute in den heftigen Regen hinaus und plötzlich begriff sie, wieso ihr die
Telefonnummer aus des Professors Handy
so bekannt vorgekommen war. Die Nummer
gehörte zu dem Museum da drüben, dem
Design-Museum! Doktor Ettmayer, Albrechts
liebster Feind, war hier Kurator. Es musste
Ettmayer gewesen sein, mit dem Albrecht
heute Vormittag herumgebrüllt hatte.

Dann sah sie plötzlich Ettmayer draußen
auf der Straße, erkannte ihn an seiner Größe
und an seinem eisgrauen Haar. Gegen all
die aufgespannten Regenschirme anpflü-
gend eilte er auf das Museumsgebäude zu,
sprang die Stufen hinauf und fummelte am
Schloss des großen Tores. Der Eingang zu
den Büros lag einige Gehminuten entfernt im
Hintertrakt des Gebäudes, aber bei diesem
Wetter nahm Ettmayer wohl lieber das nä-

hergelegene Tor. Ettmayers Anzug troff vor Nässe. Seltsamerweise trug er einen Regenmantel über den Arm gelegt, statt ihn anzuziehen oder wenigstens umzuhängen.

Hatte Albrecht seinen Freund und Kollegen versetzt?

Ein Donnerschlag krachte. Die Straßenbeleuchtung flackerte, im Café fielen die Tischlampen aus. Auf der anderen Straßenseite verschwand Ettmayer hinter dem Torflügel. Lisa sah im unsicheren Licht, wie etwas Großes, Dunkles hinter ihm ins Gebäude schlüpfte. Dann fiel das Tor ins Schloss.

Ein Schatten, das war sicher nur ein Schatten!

Lisa warf Geld auf den Tisch und lief hinaus in den Regen.

Autos zogen breite Wasserfontänen hinter sich her, eine Straßenbahn bimmelte hysterisch. Lisa rannte über die Fahrbahn, stolperte die Stufen zum Museumseingang hinauf, umfasste mit beiden Händen den Torknauf und zerrte daran. Das Tor knarrte.

Zögernd ging Lisa ein paar Schritte in die finstere Halle hinein, dann blieb sie stehen. Das Tor hinter ihr fiel zu. Wasser sickerte ihr in die Augen und in die Schuhe. Aus der hohlen Dunkelheit rundum starrten sie Katzenaugen an. Blödsinn! Das sind nur die Fluchtweg-Schildchen, die auch im Dunkeln leuchten.

Kein Alarm.

Lisa atmete tief ein und versuchte, sich zu orientieren. Sie stand in der Halle des Designmuseums, schon oft besucht, nur eben jetzt geschlossen und daher unbeleuchtet. Kein Grund ängstlich zu sein. Nach Lisas Erinnerung führte der Weg durch die Halle geradeaus in den überdachten Innenhof, jetzt nicht zu sehen, denn die großen Flügeltüren waren geschlossen. Trotzdem hörte sie die Hagelkörner draußen auf das Glasdach trommeln.

Ein scharfer Knall, Bersten und Splittern. Lisa war sicher, auch einen Schrei gehört zu haben. Mit ausgestreckten Armen tappte sie nach links, stieß an die Türe, die sie gesucht hatte, stolperte in einen dunklen Raum. Irgendetwas Dürres fiel ihr in den Arm. Sie tastete um sich, versuchte, sich zu planvollen Bewegungen zu zwingen, und fand endlich einen Lichtschalter. Trübe Deckenbeleuchtung flammte auf. Sie befand sich im Souvenir-Shop und in der Umarmung eines Postkartenständers.

Der Laden hatte kein Fenster zum Hof, aber Lisa wusste, dass es vom zweiten Raum weg einen Verbindungsgang zum hauseigenen Café gab, das um die Ecke an der Schmalseite des Hofes lag. Und zu diesem Café gehörte eine Terrasse.

Lisa rannte ins Café.

Vor der gläsernen Schiebetür zum Hof standen aufeinandergestapelt die Gartensessel. Lisa zwängte sich vorbei, presste sich an die Scheibe und sah nur den schwachen Widerschein ihres eigenen Gesichtes. Plötzlich ging im Café das Licht aus und sie stand in völliger Dunkelheit. Aber jedes Mal, wenn ein Blitz das quadratische Stück Himmel über dem Hof erhellte, erhellte sich auch die Szene.

Eine Scheibe in der Dachkonstruktion war geborsten, flimmernde Glaspartikel bedeckten das Pflaster und vermischten sich mit Hagelkörnern, die durch das Loch hereinprasselten.

Doktor Ettmayer kniete mitten im Hof, sein Oberkörper hing über einer der niedrigen Steinbänke, sein linker Arm und der gefaltete Regenmantel lagen unter seinem Bauch. Rund um die Bank breitete sich eine dunkle Pfütze aus.

Nach all dem Trubel der letzten Tage war es seltsam still im Institut.

„Wir kennen uns ja schon", sagte der Inspektor und nahm auf Markus' Bürosessel Platz. „Haben Sie sich gut erholt? Keine Höllenhunde mehr?"

„Nein", sagte Lisa. „Nicht erholt, aber auch kein Hund."

Sie dachte an die Jacke, die ihr jemand über den Kopf geworfen hatte, an den eisernen Griff, mit dem sie jemand gepackt und aus dem Museumsgebäude befördert hatte, hinaus in die halb überschwemmte Nebenstraße. An den Hauch, den sie so gut kannte.

„Nein", sagte sie noch einmal.

„Ich wollte eigentlich wissen, ob Sie diesen Kurator, diesen Doktor Ettmayer vom ..." der Inspektor konsultierte seine Aufzeichnungen, „… vom *Museum für Design und zeitgenössische Objektkunst* kannten."

„Flüchtig. Ich habe ihn ab und zu gesehen, bei Vorträgen oder Führungen. Er war auch manchmal hier im Haus. Freund vom Professor, soviel ich weiß."

Der Inspektor deutete auf die Zeitung, die Markus in der Früh auf seinen Schreibtisch gelegt hatte:

MUSEUMSKURATOR VERBLUTET. UNFALL ODER SELBSTMORD?

Tödliches Kunstwerk: ein antiker Zeremoniendolch aus purem Gold! Gestern Nacht

wurde der Kurator Dr. F. Ettmayer im Innen-
hof des Museumsgebäudes tot aufgefunden
...

„Können Sie mir dazu etwas sagen?"

Lisa schüttelte den Kopf. „Warum fragen Sie mich? Ich bin keine Expertin für antike Dolche."

„Es gibt Bezugspunkte zu Ihrem Aben-teuer", sagte der Inspektor geduldig. „Der Dolch, der Ettmayers Lebensader aufgeris-sen hat, scheint zu Professor Albrechts gro-ßem Fund zu gehören. Zumindest schließen Ihre Archäologie-Kollegen das nicht aus. Laut anderer Aussagen war Ettmayer auch unter der Ersten, die die Funde begutachtet haben, obwohl Keltenkunst nicht sein Fach ist, wie ich höre."

„Hier steht, es könnte ein Unfall gewesen sein."

„Wenn man annimmt, jemand geht mit ei-nem kostbaren Dolch im Gewande erst ein-mal im Stadtpark Kaffee trinken, flüchtet dann vor dem Unwetter, erschreckt sich un-ter dem berstenden Glasdach seines Museums, rutscht aus und rammt sich den Dolch in den Bauch – dann war es ein Unfall, ja."

„Antiken-Liebhaber sind komische Käuze", sagte Lisa.

„Wahrscheinlich. Aber bleiben wir bei Ihnen. Ich habe weitere Neuigkeiten. Der Typ, der Sie niedergeschlagen hat, um sich kurz darauf in der Baugrube das Genick zu brechen, war ein polizeibekannter Dieb. Was wir noch wissen: er stand mit dem Herrn Kurator Ettmayer in so etwas wie Geschäftsverbindung. Und dieser glücklose Autofahrer, der unlängst im Kanal ersoffen ist, gehörte auch zum Verein. Was sagen Sie dazu?"

Lisa schüttelte den Kopf. „Ich weiß nichts von Ettmayers Geschäften."

„Das sagen mir alle. Niemand scheint etwas zu wissen."

„Sie meinen, Ettmayer war in Kunstdiebstahl verwickelt?"

„Nicht nur Ettmayer, zieht man in Betracht, dass dieser köstliche Dolch aus den aktuellen Grabungsfunden stammt."

Das Goldplättchen in der Kaffeedose. Verlorengegangen auf der Baustelle, bevor es mit dem Sand in Lisas Tasche geraten war. Jemand hat Fundstücke veruntreut und im Container zur Abholung deponiert. Und der ahnungslose Sandler hat sich darauf schlafen gelegt.

„Die Alarmanlage des Design-Museums wurde gestern Abend desaktiviert", fuhr der Inspektor fort, „entweder von Ettmayer selbst, oder vom Großen Unbekannten. – Von Alarmanlagen verstehen Sie auch nichts, nehme ich an?"

„Nichts", sagte Lisa.

„Das große Eingangstor ist die halbe Nacht offen gestanden, sperrangelweit. Es hat kräftig hineingeregnet, und ein paar nasse Passanten samt Hunden und Kinderwagen haben sich auch noch untergestellt. – So viel zu den Spuren." Der Inspektor wirkte verärgert.

Keine Spuren. Sie haben keine Spuren gefunden.

„Es war übrigens ein Touristendackel, der den toten Ettmayer erschnüffelt hat."

Lisa sagte laut: „Was sagt unser Professor zu Ettmayers Tod?"

„Keine Ahnung. Ihr Professor ist nicht auffindbar. Aber sein Aquarium ist geplatzt. Große Sauerei in seinem Büro."

„Hab schon davon gehört", sagte Lisa.

Lisa nahm die Zeitung und drehte sie um, sodass nur mehr eine bunte Werbeseite zu sehen war.

„Haben Sie häufig in Professor Albrechts Büro zu tun?", fragte der Inspektor.

„Gelegentlich. Vor kurzem habe ich dort Fotos gesehen von den Goldfunden. Da war kein Dolch dabei."

„Dieser irische Experte ..."

„Er kommt von der Exeter University, Cornwall", sagte Lisa.

„Also dieser Experte soll schon vor einiger Zeit behauptet haben, dass der Goldfund nicht vollständig ist."

„Ich kann das nicht beurteilen. Professor Cyn-Culley wird Ihnen sicher genaueres erzählen."

Wenn er denn will.

Sionn. Sionn, der nachts im Schlaf in seiner seltsamen Sprache redete und auch durch rütteln nicht aufzuwecken war.

Der Inspektor fasste Lisa scharf ins Auge. „Und wo waren Sie gestern Abend, so um neun?"

„Zu Hause. Allein. Ich muss lernen, und das Wetter war ohnehin furchtbar."

Lisa wunderte sich über die Selbstverständlichkeit, mit der sie lügen konnte.

„Und Sie wissen nicht zufällig, wo Professor Albrecht zu finden ist? Er war gestern erwiesenermaßen nicht zu Hause, und auch heute ist er noch nirgends aufgetaucht. Sein Handy liegt auf seinem Schreibtisch."

Eine böse Ahnung stieg in Lisa auf. Aber sie brachte es fertig, dem Inspektor ruhig ins Gesicht zu schauen.

„War schon jemand in dem Lagerraum nachschauen, wo die wertvollen Sachen aufbewahrt werden? Der Professor verbringt jede freie Minute dort, und niemand darf ohne seine ausdrückliche Genehmigung dort hinein."

„Wer hat Zugang zu den Schlüsseln?"

„Der Kollege, den Sie vorhin hinausgeschickt haben."

Markus versuchte mehrmals aufzusperren, ohne Erfolg. Einer der Uniformierten im Gefolge des Inspektors spielte den Fachmann, und es gelang ihm, den innen steckenden Schlüssel aus dem Schloss zu stoßen.

Vor der aufgezogenen Lade, in der die Goldfunde arrangiert lagen, hing Professor Albrecht in einem Sessel. Seine rechte Hand krampfte sich in den Hemdkragen, seiner Linken war der goldene Halsreif entglitten. Seine Augen starrten zur Decke, weit aufgerissen, als sähe er ein Gespenst.

„Mein Gott", sagte Markus.

Als die Amsel mit ihrem Lied begann, hatten sie beide noch kaum geschlafen.

„Ich muss gehen", sagte Sionn.

Er berührte Lisas Augenlider. „Bald wird nichts mehr wichtig sein, und der Schwarze Druide da draußen wird noch immer singen."

Nach einem lichten Sommer in Florenz und Venedig, nach Wochen zwischen all den Herrlichkeiten des Quattrocento, entschloss sich Lisa in Exeter anzurufen. Obwohl – *such mich nicht*, hatte Sionn gesagt.

Die freundliche Stimme am Telefon zögerte kurz: „Professor Cyn-Culley ist diesen Sommer ums Leben gekommen. Es tut mir sehr leid, Ihnen das sagen zu müssen."

Die Stahlgitter lagen ausgebreitet, das Rattern und Scharren der Betonmischer dröhnte in der Grube. Lisa zwängte sich durch einen Spalt zwischen den Plakatwänden, wo den Sommer über ein kümmerliches Essigbäumchen gesprossen war, und wartete auf den richtigen Augenblick. Die Schlange, die die Betonmasse ausspie, bäumte sich auf. Aller Augen waren nach unten gerichtet. Lisa klammerte sich mit einer Hand an den Holzpfosten und warf in hohem Bogen ein kleines, goldenes Etwas in den Abgrund. Der Lärm war zu groß, als dass sie hätte hören können, wie dieses Ding zwischen den rostigen Eisenmaschen durchklingelte und irgendwo unten zur Ruhe kam. Dann wälzte sich der graue Teig über alles, was je dort gewesen sein mochte.

Das Uhrenhaus

„Dieses entsetzliche Kind! Dieses entsetzliche Kind!"

Die Frau schluchzte. „Nach allem, was ich für Alina getan habe! Immer nur Verdruss, nie Dank, und jetzt das! Was soll ich ihrem Vater sagen?"

Alina lag auf dem Bett, eine schmale Insel unter Verbänden und Apparaten, die weit geöffneten Augen zur Decke gerichtet. Nichts deutete darauf hin, dass sie die Stimme ihrer Tante gehört hatte.

„Ich muss Sie bitten, das Krankenzimmer zu verlassen." Die Schwester duldete keinen Widerspruch. Mit energischem Griff schob sie die Frau auf den Gang hinaus und schloss die Tür.

„Danke", sagte Doktor Hallinger. „Danke, dass Sie diese Tante entfernt haben."

Die Schwester ging leise aus dem Zimmer.

„Alina", sagte Doktor Hallinger, „Alina, hörst du mich? Ich habe mit deinem Vater gesprochen, er kommt bald hierher."

Vorsichtig nahm Doktor Hallinger die kleine Hand, die regungslos auf der Bettdecke lag.

„Alina?"

Alina schloss kurz die Augen, öffnete sie wieder und schaute Doktor Hallinger an. Sie lächelte.

„Du bist der Uhrmacher", sage sie.

„Der Uhrmacher?"

„Ja. – Niemand darf das wissen."

Alinas Augen fielen zu und sie schlief ein.

„Sie werden mit mir vorlieb nehmen müssen, Herr Doktor", sagte Alinas Tante. Ihre Stimme bebte. „Mein Bruder ist Diplomat, er kann sich nicht so plötzlich frei machen und wegen Kinderfaxen um die halbe Welt fliegen. Er hat Aufgaben!"

„Die halbe Welt ist nicht wichtiger als sein kleines Mädchen."

Doktor Hallinger sprach ruhig, trotzdem zuckte die Tante zurück.

„Mein Bruder leistet sich immerhin Ihre sündteure Klinik! Und Alina ist schon wieder munter, das habe ich gesehen!"

„Sie hat die Augen offen, ja. Vielleicht hört sie auch, was gesprochen wird. Aber sie redet nicht."

„Sie redet nie, zumindest nicht mit mir! Egal was ich sage, sie tut, als wäre ich nicht da. Dieses Kind ist einfach nicht normal, daran werden auch Sie nichts ändern mit all Ihren Apparaten und all Ihrer Kunst!"

Doktor Hallinger schloss kurz die Augen. „Sie verstehen nicht. Alina hat sich bei ihrem Sturz schwer verletzt. Vielleicht redet sie wieder in ein paar Tagen, oder nächstes Jahr, oder auch nie. Ich hatte gehofft, ihr Vater könnte helfen. Damit sie zu uns zurückkommt."

„Kaum mehr helfen als ich, er sieht sie ja nur zweimal im Jahr. Irgendwohin mitnehmen kann er dieses Kind ja nicht."

„Alinas Mutter?"

„Keine Ahnung, wo die ist. Nie hätte mein Bruder sich einlassen dürfen mit dieser Person."

Die Tante betupfte ihren Mund mit einem Taschentuch. „Mein einziger Fehler war, das Ferienhaus zu mieten in diesem gottverlassenen Kaff. Damit Alina in einem Garten spielen kann. Ich hätte es besser wissen müssen! Sie hatte immer schon den Hang, einfach abzuhauen, Verbote hin oder her."

Plötzlich wurden die umflorten Augen der Tante ganz groß. „Haben Sie gesagt: *nie*?"

„Alina?"

Alinas Augen wanderten über die Zimmerdecke.

„Alina, wo wohnt der Uhrmacher?"

Sie schien nachzudenken. „Unten." sagte sie dann. „Aber die große Uhr ist ganz oben."

„Auf dem Turm?"

„Ja. Die Ziffern sind außen aufgemalt, aber der Zeiger lehnt innen an der Wand. Der Zeiger ist länger als ich, und an beiden Enden steckt ein Herz."

Alina zeichnete mit der Spitze ihres Zeigefingers ein Herz in die Luft.

„Da sind zwei Steine", sagte Alina nach einer Weile. „Mit einem Strick herum und Schrift darauf. Aber ich kann die Schrift nicht lesen. Und die Räder in dem Käfig sind alle rostig."

„Bist du wegen der Uhr auf den Turm gestiegen?"

„Bernie hat eine Katze gejagt."

„Bernie?"

„Bernie ist ein Hund." Alina lächelte. „Eine haarige Wurst mit Ohren. Er hat ein Loch gegraben unter der Gartenmauer, hinter der Hecke, wo es niemand sieht. Die Erde ist nur so geflogen."

„Und dann bist du mit Bernie zum Friedhof gelaufen? Zu dem alten Turm?"

„Bernie konnte nicht auf die Leiter. Oben ist nur mehr eine Leiter."

Alinas Augen fielen zu. „Es sind Bretter vor den Fenstern", sagte sie, „ich kann gar nicht weit sehen. – Mein Vater sagt, er will mit mir fortfliegen. Aber die Fenster sind zugenagelt. Es ist ganz dunkel."

Doktor Hallinger legte das Telefon zurück und fuhr sich mit der Hand übers Gesicht. Die Schwester schaute ihn an.

„Die lokale Polizei will nicht recht glauben, dass Alinas Sturz ein Unfall war", sagte Doktor Hallinger. „Dieses Brett vor dem Turmfenster ist nicht geborsten, es wurde sorgfältig abmontiert. Aber es gibt keine Spur von einer anderen Person. Nur Alinas Fußabdrücke im Staub."

„Sie meinen – Alina selbst hat das Brett entfernt? Kann das so ein kleines Mädchen?"

„Alina vielleicht schon."

„Sie ist ein Kind! Kaum sieben Jahre alt!"

Doktor Hallinger strich mit den Fingern über den Rand der Aktenmappe, die auf seinem Schreibtisch lag. „Wissen wir, was einem Kind einfällt, wenn es davonfliegen will?"

Die Schwester schwieg.

„Die Gewichte der Turmuhr sind zwei alte Grabsteine", sagte Doktor Hallinger.

„Er hat auch solche Augen", sagte Alina.

„Was für Augen?"

„Mit denen einer sieht, was innen ist."

„Und wo bist du dem Uhrmacher begegnet?"

Alinas Blick wanderte wieder im Zimmer umher, auch über Dr. Hallingers Gesicht. „Ich weiß nicht genau. Ich bin in seine Werkstatt gefallen. Auf dem Teppich waren Bilder wie auf meinem Mensch-ärgere-dich-nicht, aber es lagen keine Spielsteine da. – Er hat mir eine Lupe geborgt, und ich konnte alles genau anschauen, Berge und Straßen und Flüsse. Auch von innen. Das Meer lag weit weg, dort bin ich nicht hingekommen. Man kann ertrinken im Meer."

Alinas Stimme wurde leiser.

„Die Uhren?", fragte Doktor Hallinger.

„An der Wand, überall. Da war eine hölzerne, mit Tannenzapfen und einem Hirschgeweih. Und ein Blechkästchen mit einem zuckenden Pendel, und eine war aus Porzellan, mit Rosen, wie die Sonntagsteller bei der Tante. Und Uhren mit Säulen, mit Damen darauf und goldenen Löwen. Manche Uhren waren eingesperrt in ein Glas."

„Die Uhren haben alle getickt und geschlagen? Das muss laut gewesen sein."

„Nicht alle waren laut. – Er repariert die Uhren, die nicht mehr gut gehen. Und die, die gar nicht mehr gehen wollen, bringt er in den alten Turm."

Doktor Hallinger warf einen Blick auf die Monitore hinter dem Bett. Alina war eingeschlafen.

„War er jung oder alt?"

„Ich weiß nicht", sagte Alina. Mit halb geschlossenen Augen musterte sie Doktor Hallinger. „Aber er hatte keinen weißen Mantel an."

Doktor Hallinger schlüpfte aus seinem Arztkittel und legte ihn beiseite.

„Besser so?"

Alina antwortete nicht, aber sie sah zufriedener aus.

„Klack, bing", sagte sie dann. „Klack, bing".

„Was ist das?"

„Die Türen. Die kleinen Türen in dem Uhren-Haus. – Die Zeiger auf den Uhren laufen ganz wild im Kreis. In allen Stockwerken klappen Türen auf, und Männchen drehen sich heraus und Frauen mit Schürzen. Sogar ein Hund. Ein großer schwarzer Hund, nicht so einer wie Bernie. Alle wackeln mit den Armen und drehen den Kopf, und auf der anderen Seite fahren sie wieder hinein, und die Türen klappen zu. Im Keller stehen Fässer, und ein Mann in einem braunen Sack schlägt sich einen Krug aufs Kinn. Alle rennen immer schneller, und nie holt einer den anderen ein."

„Eine Uhr sollte aber gleichmäßig gehen."

„Ja", sagte Alina. „Du musst sie reparieren, sonst bleibt sie stehen. Es ist aber stiller, wenn sie stehen bleibt, und die wilden Lichter gehen weg."

„Sie redet mit Ihnen", sagte die Schwester.

Doktor Hallinger nickte.

„Und wir anderen hören euch nicht."

„Nein."

„Will sie uns verlassen?"

„Vielleicht."

„Die kleinen Uhren habe ich kaum gesehen", sagte Alina.

„Warum nicht?"

„Der Tisch war so hoch, ich konnte nicht gut hinaufschauen. Aber du hast eine ganz kleine Uhr unter die Lampe gehalten. Die hatte einen Deckel wie eine Muschel, und eine feine Kette dran."

Alina schaute auf Doktor Hallingers Hände. „Sie ist fast verschwunden zwischen deinen Fingern."

„Das war eine ganz kostbare Uhr", sagte Doktor Hallinger. „Die kleinen Uhren sind die ganz kostbaren."

Alinas Augen wanderten wieder über die Zimmerdecke. „Aber du verlierst die Uhr, weil sie so klein ist, und dann vermisst du sie gar nicht."

„Ich will diese Uhr nicht verlieren. Ich darf sie nicht verlieren. Ich wäre sehr traurig."

Alina blieb lange still, aber Doktor Hallinger ging nicht fort.

Dann redete Alina wieder.

„Du hast gesagt, es gibt eine Uhr, die ist so groß, dass sie keiner aufziehen kann, und keiner kann sie anhalten."

„Ja", sagte Doktor Hallinger. „Wir drehen uns mit dieser Uhr."

Alina schloss die Augen. „Ich weiß nicht, ob ich diese Uhr gesehen habe. Nicht die ganze Uhr. Das Pendel. Eine weiße Scheibe, die ist ganz langsam hervorgerollt, dort, wo es vorher dunkel war. – Dann hat ein Hund gebellt."

„Das war Bernie. Er hat dich vermisst."

„Bernie", sagte Alina.

„Morgen kommt dein Vater zu dir", sagte die Schwester leise. „Gute Nacht, Alina."

Verborgen unter der Bettdecke umschloss Alinas Faust eine winzige Taschenuhr.

Die Wasserfrau

Doktor Johannes Ender, Jo im Privatleben, kam spät zum Frühstück herunter. Schließlich war ab jetzt Urlaub. Das Personal des Seehotels hatte die Hinweistafel ÄRZTEKONGRESS längst weggeräumt, die blondlockige Internistin aus Düsseldorf saß schon in ihrem Flieger.

Auch Helen sollte abgereist sein.

Helen irritierte Jo immer noch. Er redete sich ein, sein Unbehagen käme ausschließlich von Helens Zugehörigkeit zum inneren Kreis von Professor Sartorius – Klüngel, wie Jo diese erlesene Gruppe zu nennen pflegte. Die Einladung hierher hatte Jo sicher nur Helen zu verdanken, aber er wusste nicht, ob sie ihm damit einen Gefallen tun wollte oder ihn ärgern. Wahrscheinlich beides.

Aber jetzt strahlte die Sonne über See und Berge, und Jo freute sich auf einen entspannten Tag.

Vielleicht doch nicht so entspannt; Helen trottete von der Seewiese her in die Halle, im Jogginganzug, dampfend wie ein Ross. „Auch schon munter?" sagte sie und grinste. „War's denn so anstrengend, die Frau Kollegin zu bespringen?"

„Und du? Solltest du nicht frühstücken mit dem Professor?" Jo kniff die Augen zusammen und spähte hinaus auf die Terrasse. „Denk an deine Karriere!"

„Geh mir aus dem Weg", sagte Helen.

Helen wandte sich zum Lift, Jo hielt sie am Arm zurück. „Wer ist denn die holde Schöne, auf die dein Professor so heftig einredet?"

„Seine Ehefrau, wer sonst?" Helen lachte. „Du hättest das gesellige Beisammensein gestern Abend nicht schwänzen sollen."

„Und wo hat der Alte dieses Schneewittchen her?"

Helen zuckte mit den Schultern. „Kann sein, die beiden sind aus romantischen Gründen hier. Angeblich hat er sie hier irgendwo kennengelernt, beim Segeln. – Lass ja deine Finger von ihr!"

Helen wand sich aus Jos Griff, und die Lifttür schloss sich hinter ihr.

Jo setze sich in den Frühstücksraum, obwohl ihm die morgendliche Seeterrasse lieber gewesen wäre. Aber er wollte ungestört Professors Ehefrau Nummer drei beobachten. Diese schob sich soeben eine riesige Sonnenbrille vors Gesicht. Draußen rückte der Kellner geschäftig den aufgespannten Schirm zurecht, obwohl das edle Paar ohnehin nicht in der Sonne saß.

In der Hinteransicht schimmerte etwas professorale Glatze durchs eisgraue Haupthaar, die Tischgenossin jedoch schien noch ein halbes Kind zu sein, dem der Herr Professor gebutterten Toast und zerteiltes Obst auf den Teller schieben musste. Dieses zarte Wesen, weißhäutig, schwarzhaarig, gehüllt in einen Hauch von Schal, das Gesicht hinter der Brille versteckt, erinnerte Jo eher an eine Garnele als an eine erwachsene Frau.

Helens fester Körper fiel ihm ein, ihre zupackenden Hände. Diese Gemahlin da draußen schien in Gefahr zu sein, mit dem nächsten Windhauch zu verwehen.

Jo rückte aus der Sichtlinie und wandte sich seinem Frühstück zu.

„Ender! Wieso hocken Sie hier herinnen, wenn draußen die Berge rufen?"

Jo erhob sich widerwillig, aber so konnte er wenigstens auf den Professor hinabschauen. Die junge Frau stand zwei Schritte hinter ihrem Gatten, auch im Innenraum noch mit der Sonnenbrille vorm Gesicht.

„Anna, ich muss dir diesen Ender vorstellen, gestern ist er ja so schnell verduftet." Jovial beklopfte der Professor Jos Oberarm. „Der war einmal ein vielversprechender Student, hat aber schlechte Manieren. Besteigt zwanghaft alle hohen Berge, deshalb macht er jetzt den Landarzt hier im Hinterwald."

„Guten Morgen", sagte Anna und schaute an Jo vorbei.

Jo trat auf sie zu, hob ihre Finger an und hauchte einen formvollendeten Handkuss darauf. „Guten Morgen, gnädige Frau."

Der Professor zog die Brauen hoch.

Anna Sartorius nahm die Sonnenbrille ab, und Jo blickte in ein Paar riesige, dunkelblaue Augen. Er konnte nicht anders, er musste diese Augen anlächeln, Professor hin oder her.

Jo schaute den beiden nach und hatte den Eindruck, als liefe eine glitzernde Wasserlache hinter Anna Sartorius' Silberschühchen einher. Aber vielleicht war das nur der Widerschein des brillantenbesetzten Eherings, den sie am Finger trug.

Der See lag spiegelglatt in der Landschaft, Schwüle, kein Hauch, an Segeln war nicht zu denken. Für den Nachmittag hatte der Wetterdienst Gewitter vorhergesagt. Sehnsuchtsvoll blickte Jo hinauf zu den noch schneegekrönten Gipfeln, die sich im Moment nur kleine Wattewölkchen in die Nasen steckten. Kein Bergwetter heute.

Der wirrhaarige Bootsverleiher nahm nicht einmal die Füße von seinem Campingtisch. Dreckige Füße, breit wie Paddel. „Keinen Segler heute", knurrte er. „Auf eins, zwei ist das Wetter da, und dann bin ich womöglich ein Boot los."

Jo bemühte sich um einen verbindlichen Ton. „Wenigstens ein Ruderboot?"

„Von mir aus", sagte der Alte mit einem prüfenden Blick auf Jos muskulöse Arme, "aber in Strandnähe bleiben. Sonst gehst du runter zu den Nixen."

„Da wollte ich immer schon hin", lachte Jo.

„Spaßvogel, was?" Der Alte wiegte sein Haupt. „Diese Wasserweiber sind keine Guten. Locken einen Helden wie dich ins nasse Gemüse, singen dir was vor, und wenn sie von dir genug haben, lassen sie dich ersaufen. Auf der Insel da drüben soll in der alten Zeit so eine gesessen sein. Als die Flößer noch unterwegs waren."

„Die alten Geschichten", sagte Jo. „Hoffentlich haben die unguten Damen nicht so dreckige Flossen wie du!"

Jo war schon ein gutes Stück hinausgerudert, da hörte er immer noch das Gelächter des Bootverleihers.

Irgendwo mitten auf dem See lehnte sich Jo zurück und ließ das Boot treiben. Er stellte sich vor, Helen würde an der Bordwand auftauchen und ihn hinunterzerren, sie würden im Wasser kämpfen und lachen und versuchen, einander die Kleider vom Leib zu reißen. Aber dann schoben sich zwei riesige blaue Augen vor sein inneres Bild, und er versuchte, an etwas anderes zu denken.

Ein Windhauch weckte ihn, er setzte sich auf und schaute sich um. Sein Boot war Richtung Hotel zurückgetrieben. Nichts los auf dem Wasser, nichts los am Strand. Jo glaubte von ferne Musik zu hören. Vielleicht ein Fest drüben am anderen Ufer.

Bevor es dort so richtig lustig wird, kommt das Gewitter.

Abseits der Hotelwiese sah Jo eine zarte, von einem Schal umwehte Gestalt am Wasser entlang wandeln. Er packte die Ruder, trieb sein Boot noch näher zum Land und verfluchte das Unterholz, das ihm den Blick auf den Uferpfad verstellte. Aber dann stand sie heraußen auf einer der Steinplatten, auf denen sonntags die Einheimischen zu lagern pflegten. Sie beschattete ihre Augen mit der Hand und schaute zum Boot herüber. Im näheren Umkreis war niemand unterwegs, nur weiter oben auf der Straße fuhr ab und zu ein Auto vorbei.

Jo legte an.

Sie kam näher, kletterte über die Felsbrocken und machte dabei gar keinen gebrechlichen Eindruck. Barfuß! Sie ging tatsächlich barfuß! Weiße Flatterhose, weißer Seidenpulli, in einer Hand hielt sie ihre silbrigen Sandalen. Die Sonnenbrille klemmte am Umhängetäschchen. Jo streckte den Arm nach Anna Sartorius aus, sie legte ohne weiteres ihre zarten Finger in seine Pfote und ließ sich ins Boot helfen. Ihre Hand fühlte sich kalt an. Kein Ring an ihrem Finger.

„Darf ich die gnädige Frau zu einer Bootspartie einladen?"

„Anna", sagte sie.

„Anna. Ich heiße Johann. Jo für die Freunde."

Jetzt kam die schützende Sonnenbrille wieder zum Einsatz.

Schlamm klebte zwischen ihren Zehen und ihre schwarze Mähne schimmerte feucht. War sie schwimmen gewesen? Anfang Juni ist so ein Gebirgssee noch verdammt kalt. Gänsehaut war keine zu sehen unter dem hauchdünnen Pulli, Badeanzug auch nicht. Ihr Schal schleppte im Wasser.

Jo legte sich ins Zeug und umruderte die kleine Felseninsel, auf der ein einziges verkrüppeltes Fichtenbäumchen wuchs.

„Ich möchte da hinauf", sagte sie.

„Solltest du nicht. *Achtung, brütende Vögel*, steht dort auf der Tafel."

„Ich kann nicht lesen."

Jo war nicht ganz sicher, wie sie das meinte.

„Ich spreche auch nicht gut."

Entschuldigend klang das nicht, nur wie eine Feststellung.

Eine Sprachlose, vom Professor zurecht-therapiert? Gestern vorgeführt als sein Meis-terstück? Sag schön guten Abend, sehr er-freut, wie geht es Ihnen?

Sie muss älter sein als sie wirkt mit ihrer Porzellanhaut und ihren Kinderaugen.

„Du gehörst zu Helen?", fragte sie.

„Das war einmal. Ist lange her. – Kennst du Helen gut?"

Sie hob nur leicht die Schultern.

Anna schaute zu den Berggipfeln hinauf, über die jetzt dünne Wolkenschleier zogen, und dann sagte sie: „Wie ist das, wenn du in eine Felswand kletterst?"

„Anstrengend. Aber es macht den Kopf frei."

Wer hatte Anna etwas über sein Bergfexentum erzählt? Der Professor? Helen? Helen hätte Anna sicher vor Jo gewarnt. Der Professor auch.

„Dort oben?" Anna zeigte auf eine Felsnase, die aus dem Steilhang über den See ragte. „Kannst du von dort in den See springen?"

Jo lachte. „Ich könnte. Aber ich würde mir vorher anschauen, wie tief der See an dieser Stelle ist."

„Der See ist tief", sagte sie. „Aber du schwimmst gut."

In ihrem Täschchen summte das Telefon. Sie legte den Finger an die Lippen, und Jo stellte das Rudern ein. „Ja", sagte sie ins Telefon, und „nein, ich sitze am Wasser. – Natürlich. – Aber hier ist es noch schön."

„Kontrollanruf vom Herrn Gemahl?"

„Er besucht einen Kollegen." Ihre Hand wies vage nach Nordwesten. „Das Wetter ist schlecht, er wird sich verspäten."

Kollege? Ein Kollege aus der Gegend, der gestern nicht anwesend war? Ein beunruhigender Gedanke schoss Jo durch den Kopf. War der höchst überflüssige Kongress im Seehotel für den Professor nur ein Vorwand gewesen? Ein gut getarnter Abstecher in die Nähe des berüchtigten Haberzettel-Sanatoriums, eine knappe Autostunde von hier?

„Anna, besucht dein Mann den Doktor Haberzettel?"

„Ja, ich glaube, so heißt er."

Jo holte tief Luft, und dann platze er heraus: „Haberzettel betreibt eine Nobelklinik, in der man gegen gutes Geld defekte Angehörige abgeben kann! Ist der Alte deiner schon überdrüssig, will er dich in Haberzettels Klapsmühle entsorgen?"

Anna schaute Jo an, als hätte sie ihn nicht verstanden, aber Jo sah, wie ihre Augen dunkel wurden, fast schwarz.

„Bis dass der Tod euch scheidet", sagte sie.

„Dein Gemahl ist schon zweimal geschieden!"

Anna antwortete nicht.

Jo war selbst erschrocken über seinen plötzlichen Wortschwall. „Tut mir leid", murmelte er, „ich wollte dich nicht …"

Aber dann sagte er laut: „Wenn du Hilfe brauchst …"

Sie reagierte nicht, aber ihre nackten Zehen berührten seine. Kalt. Sie muss doch im Wasser gewesen sein.

„Was ist dein Preis für Hilfe?", sagte sie. Ihre Augen waren jetzt so schwarz wie der See in einer Winternacht.

„Kein Preis für Hilfe", sagte Jo, „Ich bin zwar kein Heiliger, aber auch kein Schurke."

Sie zog ihren Schal zu sich, Wind fuhr hinein, und die breite Stoffbahn flatterte auf Jo zu. Jo packte den Schal und zog daran, sie ließ nicht los, und dann war Anna auf einmal ganz nah. Beide knieten sie auf dem Boden des Bootes, und Jo spürte ihren Hauch, gar nicht kalt. Sie lächelte das erste

Mal. Jo berührte ihre Stirn. Eine seltsam wehmütige Folge von Tönen wehte vom Ufer her, als säße eine verirrte Nachtigall im Schilf. Oder die tückischen Nixen, von denen der Bootsmann gesprochen hatte.

Jo berührte ihre Lippen.

„Sei vorsichtig", sagte Anna, tief ernst, wie es Jo schien. Sie raffte den Schal an sich und rutschte zurück auf ihren Sitz.

Im Westen hatte sich das Blau des Himmels in ein dunkles Grau verwandelt, der Wind frischte auf. Jo hielt auf die Mündung der Ache zu, auf den kleinen Wasserfall, der sich über mehrere Stufen in den See ergoss. „Hier kommt man zu Fuß nicht hin, außer im Winter", sagte Jo. „Wir rudern noch zu den Seerosen, und dann sollten wir anlanden." Er deutete auf den Steg eines Wirtshauses. „Sonst erwischt uns das Wetter auf dem Wasser."

Das Boot rauschte in die Seerosen hinein, und Jo hob die Ruder an. Anna beugte sich aus dem Boot, um die Blüten zu berühren. Ein winziger Frosch hüpfte über ihre Hand und platschte ins Wasser. „Schau!" sagte sie und lachte.

„Vorsicht!", schrie Jo.

Sie glitt lautlos über die Bordwand und tauchte unter. Ihr Schal verhakte sich an der Dolle und riss.

„Anna!"

Etwas Silberweißes schimmerte zwischen den Seerosenstängeln und verschwand in der Tiefe. Ein Windstoß wühlte das Wasser auf.

Jo köpfelte in den See, die Ruder schlugen gegen das Boot. Sofort krallte sich Kälte in seine Brust. Er griff nach einem glatten Etwas, glaubte einen Körper zu fassen, aber es wanden sich nur Pflanzenschlingen um ihn, zerrten ihn hierhin und dorthin. Ein Lichtpfahl zischte ins Wasser, Donner dröhnte aus dem Inneren der Erde. Die Seerosenstängel vibrierten. Jo spürte einen heftigen Schlag, aber eine Hülle hatte sich um ihn gelegt, sodass ihn der wilde Aufruhr rundum nicht mehr erreichte. Auch die Kälte gab ihn frei, nur der Donner schmerzte noch in seinen Ohren.

Der Schlag hatte ihn tief in das Seerosenfeld gedrückt, und für einen Augenblick meinte er, in einem windbewegten Wald zu schwingen; ein Wald, umgeben von blasigem Glas. Dann sah er Anna weit draußen im freien Wasser schweben, ihr Haar breitete sich aus wie die Arme einer Anemone. Sie wandte sich nach ihm um, winkte, und Jo strebte auf sie zu. Aber immer wenn er glaubte, sie gefasst zu haben, hatte er nichts in der Hand außer ein bisschen Grünzeug oder den Zipfel ihres Schals, der ihm wieder entglitt. Jo wunderte sich über die Helligkeit rundum. Sand glitzerte unten auf dem Grund, über ihm spiegelte sich ein bewegter Himmel. Das Wasser perlte wie Sekt, eine Wonne, sich in einem schwerelosen Tanz zu drehen mit dieser Silberfrau da vorne. Ein unstetes Wesen war sie, einmal näher, den Blick auf ihn gerichtet, dann wieder in einem Reigen verwoben, als tanzten viele andere unstete Wesen mit ihr.

Jo folgte ihr hinein in den eiligen Strom der Ache, der unentwegt Sonnenkristalle in den See sprudelte und eine endlose Schnur von süßen Tönen auslöste.

In die Kuppel über Jo schob sich ein schwarzer Keil, und plötzlich war Anna knapp vor ihm, spürbar, greifbar. Er schaute in ihre Augen. Sie fasste ihn mit beiden Händen, schleppte ihn aufwärts auf den schmalen Schatten zu, und dann stieß sie ihn von sich.

Schwärze fing Jo ein und die Kälte kam wieder.

Regen trommelte auf Jos Rücken, Kies drückte sich in seine Haut. Scharfer Sand knirschte ihm zwischen den Zähnen. Mühsam stemmte er sich hoch und spuckte.

Er kauerte auf dem Schotterstreifen unter einer Böschung, rundum krachte das Unwetter. Ein Stück draußen im Wasser steckte zwischen zwei Felsbuckeln das Boot, keine Ruder mehr, von der Dolle wehte ein Fetzen.

Langsam kam Jos Erinnerung wieder: der Sprung ins Wasser, das Licht, der schwerelose Tanz. Anna. Der Kiel des Bootes über ihm. Wie viel Zeit war seitdem vergangen?

Jo schaffte es nicht, auf die Beine zu kommen. Auf allen Vieren kroch er die Böschung hinauf und riss sich am dornigen Gestrüpp die Handflächen blutig. Dann rollte er sich auf das Bankett der Uferstraße.

Ein Auto rauschte vorbei, Jo versuchte zu winken und zu rufen, aber es gelang ihm nicht, sich bemerkbar zu machen. Der breite Dreckschwall hinter den Reifen hätte ihn fast wieder die Böschung hinuntergespült. Er umklammerte einen Begrenzungspflock.

Als sich in der Ferne endlich wieder Scheinwerfer durch den Regen tasteten, versuchte er, auf die Fahrbahn zu kriechen, kam aber nicht weit.

Sie tauchte aus dem Nichts auf, aus den schwarzen Regenvorhängen, und sie schimmerte, als wäre ihr das Licht von tief unten nachgelaufen. Nur wenige Schritte von

Jo entfernt stand sie auf dem Asphalt und schaute ihn an. Das Auto kam näher, die Scheinwerfer hüpften über eine Kuppe.

„Anna!"

Plötzlich breitete sie ihre Arme aus und lief den Scheinwerfern entgegen. Jo schrie, aber der Donner verschluckte seine Stimme.

Das Auto bremste, schlitterte und kam quer zur Fahrbahn zum Stehen. Jo hörte nichts, keinen Schlag, keinen Fall, nur das Rattern und Scheren der Scheibenwischer. Dann rollte das Auto langsam zur Seite und blieb in einer Parkbucht stehen.

Helen.

Sie kam durch den Regen gelaufen, stemmte Jo mit geübtem Griff hoch und schob ihn auf den Beifahrersitz. Sie zerrte ihm das T-Shirt vom Leib, warf etwas Trockenes über ihn und drehte das warme Gebläse auf. Dann setzte sie sich wieder hinter das Lenkrad.

„Meine Güte", sagte sie.

Sie griff nach Jos Handgelenk und suchte seinen Puls.

„Lass", sagte er. „Kein Blitzschlag."

Helen zählte trotzdem, dann nahm sie ihren Verbandkasten und desinfizierte Jos Hand. Schweigend, keine Fragen.

Jo zog sich Helens Decke fest um die Schultern. „Hast du sie gesehen?", fragte er.

„Da war ein Blitz", sagte Helen, „und dann habe ich dich gesehen, was ein Wunder ist bei dem Wetter."

Jo starrte durch die dicken Sturzbäche auf der Windschutzscheibe. Dann hob er die Hand: „Da vorne, auf der Straße! Liegt da etwas?"

„Da vorne steht zentimeterhoch das Wasser."

Nach einer Weile drehte er sein Gesicht zu Helen hin.

„Wo kommst du plötzlich her?"

„Der Bootsverleiher kam ins Hotel gerannt, sagte, dass du ihm abgehst samt seiner kostbaren Jolle. Vom Uferwirt aus hatte man das Schinakel noch gesehen, und dann war es plötzlich weg. Dein Telefon war tot. Und wie dann die Feuerwehr ausgerückt ist, hab ich mir ernsthaft Sorgen gemacht."

„Feuerwehr?"

„Ein Auto ist in den See gestürzt."

Jo atmete tief ein. „Sartorius", sagte er.

„Wie du das weißt!" Helen schlug mit der flachen Hand aufs Lenkrad. „Weißt du auch, dass Sartorius immer noch in seinem versunkenen Blechsarg sitzt? Die Rettungsmänner haben keine Chance ihn zu bergen. Es blitzt und kracht seit Stunden, ein Einsatz im Wasser ist zu gefährlich im Moment."

„Der Achstrom geht in die Tiefe", sagte Jo leise, „und reißt alle mit, die kein Glück haben." Er lehnte sich zurück. „Komisch", sagte er. „Als Kind war mir nicht bewusst, dass Seerosen unten aus dem Grund wachsen. Ich dachte damals, die Blätter und Blüten schwimmen einfach so auf dem Wasser."

Helen fragte nicht nach.

Jo versuchte, nur auf das Trommeln des Regens zu lauschen und an nichts anderes zu denken. Langsam wurde der Himmel lichter, und der Donner verrollte sich ins nächste Tal. Jo bemerkte Helens zweifelnden Blick.

„Wo ist Anna?" fragte er.

„Sag du mir?"

„Ich glaube, sie ist nicht mehr da."

„War sie denn mit dem Professor im Auto?"

Jo schüttelte stumm den Kopf. Dann sagte er: „Du musst sie doch gesehen haben! Dort hinten, auf der Straße! Warum sonst hättest du gebremst?"

Helens Unbehagen wurde spürbar. Sie kramte ihr Telefon hervor und rief im Hotel an, berichtete kurz, dass sie Doktor Ender fast unversehrt aufgefunden hatte. Dann lehnte sie sich auf das Lenkrad, stützte ihr Kinn auf die Faust. „Ich werde das Gefühl nicht los", sagte sie endlich, „dass du dich betören hast lassen von dieser bleichen Schönen. Und dass sie nicht so hilflos ist, wie sie scheint." Und dann fügte sie hinzu: „Der Hotelmanager war ganz aufgeregt, Annas kostbarer Ehering liegt im Appartement, mitten auf dem Tisch."

„Ihre Art, adieu zu sagen", murmelte Jo. „Schreiben kann sie ja nicht."

Schweigend schauten sie beide den Tropfen nach, die über die Scheiben kullerten.

„Der Bootsverleiher", sagte Jo endlich, „hat mir von den Nixen erzählt. Dass diese Wesen gefährlich sind. Manchmal bilden sie sich einen Menschen-Mann ein, und wenn sie ihn wieder loswerden wollen, ertränken sie ihn."

„So heißt es", sagte Helen. „Und die Dummköpfe gehen unter und merken es nicht einmal."

„Du meinst, Sartorius hat nicht gemerkt, dass er samt seiner Karosse im See versunken ist?"

„Wenn du ihn eines Tages da unten triffst, kannst du ihn ja fragen." Helens Lachen klang bitter.

Jo fuhr sich mit der Hand übers Gesicht.

Der Regen hatte fast aufgehört. Helen griff nach dem Zündschlüssel.

„Warte", sagte Jo.

Halbnackt und immer noch nass mühte er sich aus dem Auto. Helen versuchte nicht, ihn zurückzuhalten. Er hinkte zu der Stelle, wo er auf die Straße gekrochen war und rutschte die Böschung hinunter auf die Sandbank. Das Boot lag noch da, ein paar Meter vom Ufer entfernt zwischen den Steinen. Der triefende Stofffetzen flappte. Auf den kleinen Wellen knapp vor dem Strand wiegte sich etwas Helles: ein silbriger Schuh.

Oben am Straßenrand stand Helen und schaute auf Jo herunter.

Rote Katze

Benno Arnsbach erwartete seine Agentin.

Er schüttelte sich ein halbes Röhrchen Pfefferminzpastillen in den Mund, warf ein Tuch über den Terrassentisch, zog ein frisches Hemd über und holte Saft und Eis aus dem Kühlschrank. Das Notebook klappte er zu und stellte es aufs Mäuerchen neben dem Gartengrill.

Die rote Katze hockte im Birnbaum und starrte auf ihn herunter.

„Na, Fettsack?" sagte Benno, „zu feige zum Springen?"

Vorsichtig streckte die Katze eine Pfote aus, zog sie aber gleich wieder zurück.

„Doch feig."

Plötzlich sprang sie, landete auf Bennos Schulter, krallte sich mit allen vier Pfoten in sein Hemd und rutschte an seinem Arm hinunter.

„Mistvieh!"

Im selben Augenblick bimmelte es an der Gartenpforte. Benno öffnete mit blutverschmierter Hand.

„Entschuldigen Sie", sagte Benno, „aber diese elende Katze hat mich gerade als Abstiegshilfe benützt. Bitte kommen Sie weiter, Händedruck erfolgt später."

Federica Alberti lächelte und zog nur ganz wenig die Augenbrauen hoch, als Benno seine Hand am Tischtuch abwischte.

Benno grinste. „Einsamkeit ist das Ende guter Sitten", sagte er. „Ich habe schon seit Wochen kein so edles Kostümchen mehr gesehen wie das Ihre."

Vor Bennos innerem Auge rannte eine füllige, rothaarige Frau in einem flatternden T-Shirt durch den Garten. Energisch verscheuchte er diese Erinnerung.

„Kommen wir zur Sache", sagte Federica Alberti und nahm einen Packen Papier aus ihrer Aktentasche. „Schwanenflug."

„Blöder Titel, geb ich zu."

„Der Titel ist zurzeit nicht das Problem."

„Herrgott, ja, es geht nichts weiter! Das weiß ich auch, ohne dass Sie hier extra antanzen!"

Benno schlug mit der Hand auf den Tisch. Die Katze, die unter seinem Sessel gelegen war, zischte ins Gebüsch. „Ihre Ermahnungen bringen mir Null, schöne Frau!"

„Ich habe gewisse Erfahrung mit Schreibblockaden. Möglicherweise kann ich Ihnen bei der Analyse Ihrer Probleme helfen." Die Alberti blieb sachlich.

„Ach, ja." Benno schnaufte, griff nach seinem Limonadenglas, zog die Hand aber wieder zurück. „Wissen Sie, in all den Jahren, in denen ich zweitklassige Fantasy an letztklassige Verlage verkaufen musste, hat es keine Sau interessiert, ob ich in einer Blockade stecke oder nicht. Ich brauche auch jetzt keine Analyse."

„Aber heute, mein lieber Benno, sind Sie ein Erfolgsautor. Die literarische Öffentlichkeit hat Interesse an Ihren Befindlichkeiten."

„Wissen Sie, was mich die literarische Öffentlichkeit kann …"

„Ja", sage die Alberti. „Ich weiß."

Die Katze erklomm das Terrassenmäuerchen und ließ sich im Halbschatten nieder. Eine langbeinige Mücke ersäufte sich in Federica Albertis Glas.

„Ich hole Ihnen ein neues", sage Benno, verschwand im Haus und kam mit einem sauberen Glas und einer Duftfackel wieder. „Vertreibt das Gesumse", sagte er und zündete den Docht an. Die Alberti rückte ein wenig ab, dann klopfte sie mit ihrem wohlmanikürten Zeigefinger auf die Manuskriptseiten.

„Das Problem ist, dass die letzten zwei, drei Kapitel, die Sie mir geschickt haben, nicht so recht zum Anfang passen wollen. Die Erzählweise ändert sich, erst allmählich, dann radikal."

„Tatsächlich."

„Vielleicht kann ich klarer sehen, wenn Sie mir endlich sagen, wo sie mit der Geschichte hinwollen."

Benno streckte die Beine von sich und begann, seine Nasenwurzel zu massieren.

„Wenn es mir einfällt, ruf ich Sie an, versprochen."

Die Alberti äugte vorsichtig in ihr Glas, bevor sie am Saft nippte.

„Tut mir leid wegen der Mücken", sagte Benno. „Das kommt vom Biotop."

„Biotop?"

„Hinterm Haus. Ein künstlicher Teich. Katie wollte unbedingt einen Teich, für ihre Seerosen. Und jetzt ist der Teich ein Sumpf."

„Katie? Ich dachte, Sie wären erst nach der Trennung von Ihrer Freundin hierher gezogen?"

„Nein. Die alte Stadtwohnung war schon lange vorher nur mehr Lieferadresse. Dieses Haus war Katies Idee, sie wollte einen Garten. Mir ist das Grünzeug egal, aber ihretwegen musste ich diese Hütte anmieten, zu einer Zeit, als ich mir das gar nicht leisten konnte. Und ich hab den Heimwerker gespielt."

Katies hochgestreckter Hintern fiel ihm ein, wie sie auf der Teichfolie kniete, die Arme bis zu den Achseln im Dreck.

Das große T-Shirt, aufgebläht zwischen den Seerosenblättern. Die verfilzten Haarsträhnen wie Stricke auf dem Wasser.

Und hier saß diese Federica, dunkelhaarig, makellos schlank und kühl.

Benno schüttelte sich. „Jetzt hab ich das Grundstück samt Haus gekauft. Landluft fördert Ruhe und Konzentration. Allerdings erst, seit Katie mich verlassen hat."

„Hat Ihre Ex-Freundin britische Wurzeln?"

„Amerikanische. Möglicherweise ist sie über den Teich, ihren Erzeuger suchen." Benno lachte.

„Das Haus ist wunderschön", sagte die Alberti. „Jugendstil? Nur die Terrasse passt nicht ganz dazu."

„Kann sein. Die habe ich betoniert, samt dem Grillkamin. In der Veranda ist es sommers recht schwül."

Die Katze sprang von der Mauer, schnüffelte ein wenig am Griller und begann dann, um Federica Albertis Beine zu streichen.

„Ich mag Katzen nicht besonders", sagte die Alberti.

„Nein?" Benno betrachtete seine Kratzer. „Ich schon. Aber diese hier ist die Pest. Dabei gehört sie nicht einmal mir, sie hat sich einfach hier breit gemacht. – Jedenfalls, liebe Federica, sitzen Sie gerade auf Katzenhinterns Lieblingsplatz." Benno lachte. „Keine Angst, ich habe die Sitzpolster vorhin ausgetauscht."

„Ich frage mich nicht zum ersten Mal", sagte die Alberti, „wodurch Sie übergangslos vom Gebrauchsschreiber zum feinsinnigen Literaten mutiert sind?"

„Gebrauchsschreiber? Zu gütig. Katie pflegte meine Fantasy-Serien einen ätzenden Scheiß zu nennen." Benno strich über die Armlehne seines Sessels, als wollte er Brösel wegwischen. „Aber vielleicht lag die hohe Literatur schon stapelweise in der Lade, es hat sie nur niemand für verkäuflich gehalten."

„Möglicherweise", sagte die Alberti. „Aber doch eigenartig. – Und jetzt ist der Vorrat aufgebraucht?"

„Die Batterie ist aufgebraucht", sagte Benno. „Ausgelaugt, zerfressen. Was weiß ich."

„Diese letzten Kapitel", fuhr die Alberti fort, „diese letzten Kapitel lesen sich ganz unvermittelt wie Ihre alten Romane, so als wollten Sie zitieren."

„Gut, dann wollte ich eben zitieren. Warum interessieren Sie sich überhaupt für mein Zeug von vorgestern? Das Bessere ist der Feind des Guten, oder so."

„Ich lese alles", sagte die Alberti ruhig, „sogar Texte in den Literaturforen im Internet. Mein Beruf."

„Und? Finden sich Gemmen im Internet?"

„Selten. Aber es kommt vor."

Die Katze sprang auf den Tisch und traf Anstalten, sich auf dem Manuskript niederzulassen. Benno schubste sie unsanft auf den Boden zurück.

Die Alberti rückte wieder ein Stückchen vom Tisch ab. „Sagt Ihnen der Name Lily Waters etwas?"

„Sollte er?"

„Ich frage Sie", sagte die Alberti. „Eine Lily Waters hat schon vor längerer Zeit im Netz einen Text zur Diskussion gestellt, der mit Ihrem jetzigen Projekt fast identisch ist, Benno. Allerdings scheint mir dieser Text vollständig zu sein. Vollständig und schlüssig. Sie sollten sich das einmal ansehen."

Die Alberti holte einen Zettel zwischen den Manuskriptseiten hervor. „Hier ist der Link."

Benno griff sich das Notebook, tippte ein, was er auf Albertis Zettel fand und starrte lange auf den Bildschirm.

„Wie klingt das?" sagte er endlich. „Eine Miss Waters hat vom berühmten Benno Arnsbach abgeschrieben?"

„Und wo hat Miss Waters den Teil des Textes her, an dem Benno Arnsbach gerade scheitert?"

Benno leerte sein Glas.

„Lily Waters", sagte er zum Bildschirm. „Water-Lily. Seerose. Eigentlich lächerlich. Diese Frau hatte Talent, sich lächerlich zu machen."

„Aber sie hatte Talent", sagte die Alberti.

Benno widersprach nicht.

„Wo ist Katie?"

„Wer weiß. Ich glaube nicht, dass Sie Katie Honorar überweisen können. Alles, was von ihr bleibt, ist ein Sumpf hinterm Haus und ein Umzugskarton voll Altpapier. Wenn man absieht von diesem Internet-Ausrutscher." Benno zeigte auf das Manuskript. „Wen wollen Sie jetzt verklagen?"

„Benno", sagte die Alberti langsam. „Ich bin nur an Texten interessiert. An unveröffentlichten Texten von greifbaren Autoren. Alles andere müssen Sie mit sich selbst ausmachen."

Benno erhob sich langsam, schob die Hände in die Hosentaschen und betrachtete den Birnbaum. „Schon bald dämmrig", sagte er dann. „Eigentlich Zeit für einen guten Schluck."

Er ging ins Haus und kam mit einer Flasche Rotwein und zwei schönen, langstieligen Gläsern zurück. Neben die Flasche stellte er einen Teller mit Oliven.

Die Katze hopste wieder herauf und steckte ihr braunrosa Näschen in die Oliven.

„Runter vom Tisch!"

Die Katze legte die Ohren an.

Benno schenkte ein und reichte seiner Agentin eines der Gläser. „Auf die Kunst und ihre Musen", sagte er.

Federica Alberti stand auf und prostete ihm zu. Dann streckte sie die Hand nach den Oliven aus.

Die Katze duckte sich und sprang. Wie eine rostrote Kanonenkugel traf sie die Alberti in den Magen. Die Alberti schrie, ließ ihr Glas fallen und stolperte über den Sessel.

Die Aktentasche, die sie offen ans Sessel-
bein gelehnt hatte, fiel um, der Inhalt schlitterte zwischen die Glasscherben und in die
Rotweinpfütze.

Benno ließ sich auf die Knie fallen und
hob einen kleinen Gegenstand auf. Ein grü-
nes In-Betrieb-Lämpchen blinkte. Benno
drückte zwei Knöpfe und hörte seine eigene
Stimme: „... ich glaube nicht, dass Sie Katie
Honorar überweisen können. Alles, was von
ihr bleibt ist ein Sumpf hinterm Haus ..."

Die Alberti kauerte am Terrassenrand
und holte mit zitternden Fingern ihr Telefon
aus der Jackentasche.

Mit einem Sprung war Benno am Grillkamin und packte den Schürhaken.

Auf dem obersten Rost hockte die Katze,
Ohren angelegt, Eckzähne entblößt, ihr
Schwanz peitschte die Asche. Die Katze,
diese fette, rote Katze, sprang schneller, als
Benno den Schürhaken schwingen konnte.
Die Katzekrallen hakten sich in Bennos Ge-
sicht, Blut spritzte ihm in die Augen.

Er hörte die Alberti davonrennen, während er vergeblich versuchte, die Katze aus seinem Gesicht zu reißen.

MIX

Papier | Fördert
gute Waldnutzung

FSC® C083411

Zeitfracht Medien GmbH
Ferdinand-Jühlke-Straße 7
99095 Erfurt, Deutschland
produktsicherheit@kolibri360.de